LES ENQUÊTES FAB
LE F

MW00765000

Le voleur
de dinosaures

Une histoire de Gérard Moncomble,
illustrée par Christophe Merlin

À Gaspard, mon p'tit lézard terrible.
Opa

Ptérodactyle

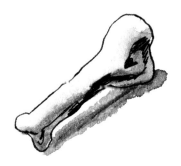

Chapitre 1

Au **Muséum**, on croise des oiseaux
bizarres. Pire qu'au zoo!
Félix File-Filou adore. Quels jolis os!
Soudain, **pouet-pouet!**
son téléphone portable
sonne.
– On a volé le
vélociraptor, FFF!

C'est Mme Varan, la
directrice du Muséum.
– Déjà là? Vous êtes
ultrarapide, vous!
s'étonne-t-elle.

Elle montre
le socle vide.
– Dévissé cette nuit.
Cent soixante-six os!
C'est **insensé**!

– Incompréhensible!
dit Dino, le gardien.

Ni traces, ni indices.
Juste un tournevis.

Vélociraptor

– Retrouvez mon squelette
chéri, je vous en prie !
pleurniche Mme Varan.

– Je vais ouvrir
l'œil, dit Félix.
Laissez-moi faire.

C'est la nuit. À l'abri d'un **fossile**,
FFF épie les moindres bruits.

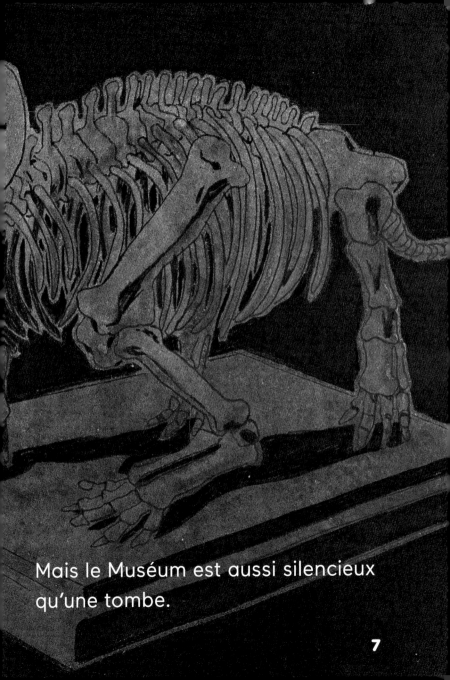

Mais le Muséum est aussi silencieux qu'une tombe.

Pouet-pouet! Qui ose l'appeler à cette heure-ci? **Pouet-pouet!** Où est ce fichu portable? **Pouet-pouet!** FFF fouille furieusement ses poches.

– Tout va bien, File-Filou?
demande Mme Varan.

– Boulencrotte! Êtes-vous sotte?

Félix n'en dira pas plus.

On vient de
lui appliquer
un chiffon puant
sur le nez.

Chapitre 2

Chloroformé! Ligoté! Bâillonné!
C'est ainsi que Mme Varan
le retrouve le lendemain.
Le fameux FFF s'est fait avoir
comme un enfant! Il est **furax**.
Bien entendu,
le **tricératops**
a disparu.

Tricératops

Félix soupçonne la directrice
d'être complice.
– Et si vous aviez fait sonner
mon téléphone pour
prévenir le voleur?

– D'accord, j'ai eu tort!
Mais un bon détective
éteint son portable!

Qui d'autre pourrait avoir fait
le coup? Est ce M. Roquet, qui
s'occupe du refuge pour
chiens perdus? Tant d'os,
c'est tentant!

Ouah
Ouah

– Tous mes toutous
mangent du mou,
monsieur File-Filou.
Vu?

Et Dino, le gardien?
FFF file chez lui.

– Voler les squelettes?
Vous êtes tombé sur la tête? Moi,
je ne m'intéresse qu'aux puzzles!

Pas de coupable en vue.

Pas de piste. FFF a perdu.

Il téléphone au Muséum.

– J'abandonne l'enquête, madame Varan.

– Alors, je vous reconduis chez vous, propose Dino.

Ciao, File-Filou !

Chapitre 3

Il est minuit au Muséum.
Une ombre **se faufile**
parmi les fossiles
et les carcasses
de dinosaures.
Gare aux trésors !

Le fripon démonte l'**iguanodon**!
Et personne ne surveille cette
merveille!

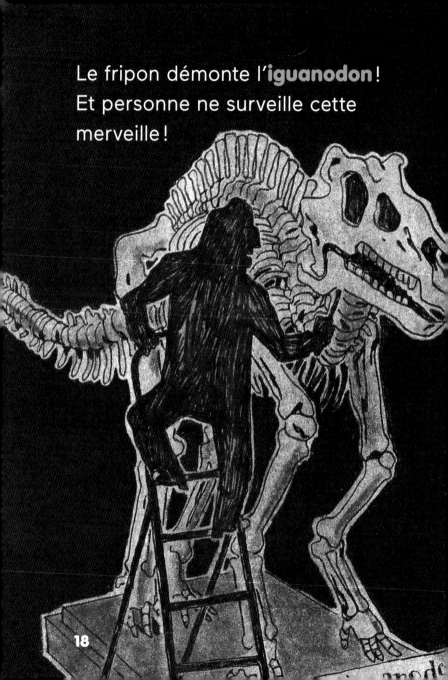

Si! FFF est là!
Il saute sur
le voleur!

Bim!
D'un coup
de pied, l'autre
le repousse.

Bam!
Résultat :
la vieille carcasse
se casse, hélas!
Quelle cata!

Mais le bandit est pris! C'est Dino.
Il a cru Félix hors jeu. Tout faux!
C'était une ruse. FFF ne lâche jamais
une enquête.

– Un tournevis manquant, la passion
des puzzles, une grosse caisse dans
votre camionnette, énumère Félix.
Tout vous accusait.

Piteux, le gardien **larmoie** :
– Avec ce dinosaure, j'allais
battre mon record! Plus de
mille pièces!

– Vous êtes pire
qu'un gosse, Dino!
dit Mme Varan.
– Donnez-lui une
seconde chance,
chuchote Félix.

La directrice est d'accord.

– Je garde Dino ! À condition que tout redevienne comme avant.

– Comptez sur moi ! dit Dino. J'adore les puzzles géants !

Fin

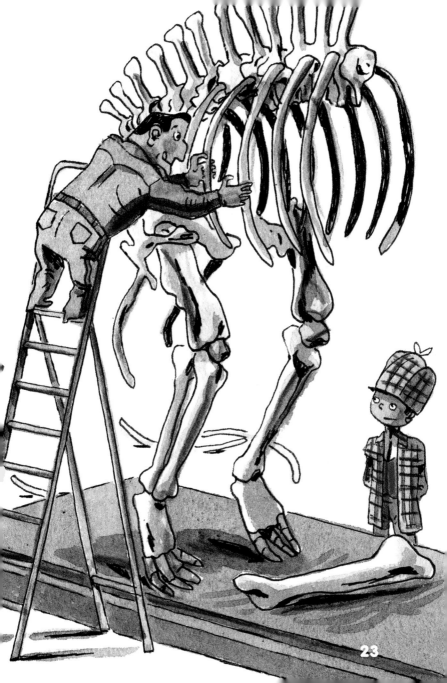

Cette histoire t'a plu ?
Je te propose de jouer
maintenant avec les
personnages.

Tu es prêt ?

C'est parti !

Si tu en as besoin,
tu trouveras les solutions
page 32.

Entoure dans ce tableau tout ce que tu as compris de l'histoire que tu viens de lire.

Quels personnages ?	FFF	M. le directeur	Dino le gardien
À quels moments ?	Le matin	Le soir	La nuit
À quel endroit ?	Au musée	Au magasin de bricolage	Au zoo
Quel genre ?	Un roman policier	Un roman historique	Un roman d'épouvante

	Vrai	Faux
Félix File-Filou se rend au parc zoologique.	●	●
Le squelette du vélociraptor a été dérobé.	●	●
La directrice demande à FFF d'enquêter.	●	●
Mais la première nuit, lors de la surveillance, FFF s'endort !	●	●
FFF décide de faire croire qu'il abandonne l'enquête.	●	●

Remets les images dans l'ordre.

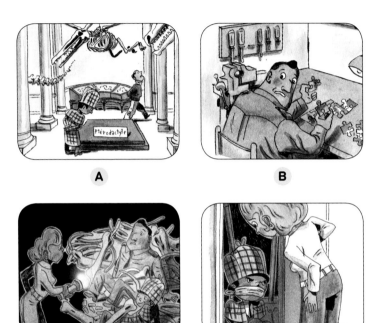

A

B

C

D

Dans quelle image manque-t-il le tournevis que FFF a retrouvé ?

Quel élément n'appartient pas
à l'image ?

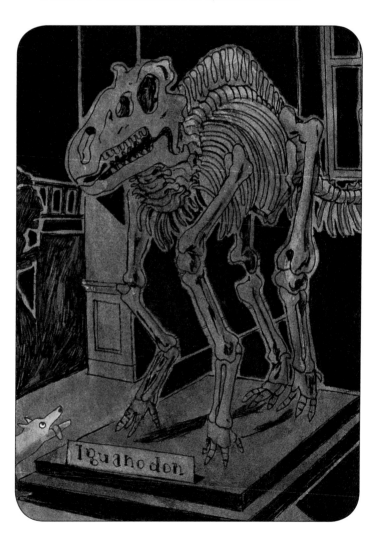

Iguanodon

FFF a retrouvé un message codé.

Pour deviner ce qui est écrit sur le papier, remplace chaque lettre par celle qui la suit dans l'alphabet.

A = B;
B = C;
C = D;
D = E...

KD UNKDTQ ZCNQD KDR OTYYKDR.

-- ------ ----- --- -------.

B'DRS CHMN KD FZQCHDM.

-'--- ---- -- -------.

Aide FFF à attraper le voleur.

Il doit ramasser les os des squelettes sur le chemin et éviter les chiens affamés.

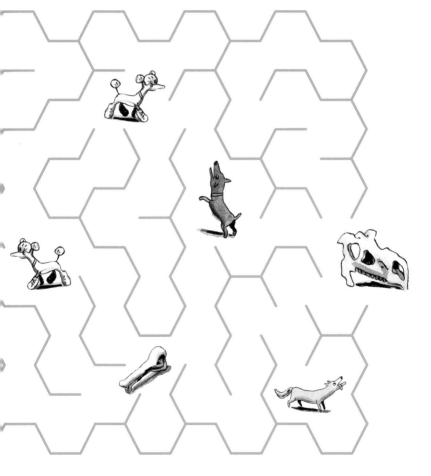

Solutions des **jeux**

Page 25 : Quels personnages ? FFF, Dino le gardien. À quels moments ? Le matin, la nuit. À quel endroit ? Au musée. Quel genre ? Un roman policier.

Page 26 : Faux ; Vrai ; Vrai ; Faux ; Vrai.

Page 27 : A, D, B, C. L'image B.

Page 28 :

Page 29 : Le voleur adore les puzzles. C'est Dino le gardien.

Page 30-31 :

La mascotte « Milan Benjamin » a été créée par Vincent Caut.
Les jeux sont réalisés par l'éditeur, avec les illustrations de Christophe Merlin.

Suivi éditorial : Sophie Nanteuil. Mise en pages : Graphicat
© 2013 Éditions Milan, pour la première édition
© 2017 Éditions Milan, pour la présente édition
1, rond-point du Général-Eisenhower, 31101 Toulouse Cedex 9, France
editionsmilan.com
Loi 49.956 du 16.07.1949 sur les publications destinées à la jeunesse
Dépôt légal : 2ᵉ trimestre 2017
ISBN : 978-2-7459-5980-5
Achevé d'imprimer en Espagne par Egedsa